재주꾼 여섯 형제

글 신현배 | 그림 심성엽

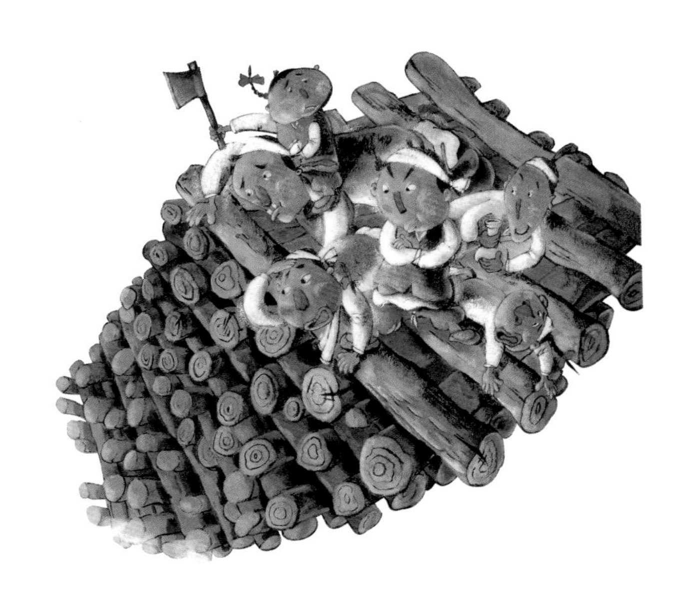

옛날 어느 산골에 가난한 부부가 살고 있었어요.
부부에게는 늦도록 아이가 없어
밤낮으로 정성을 다해 빌었지요.
"신령님, 자식 하나만 점지해* 주세요."
지극한 정성으로 마침내 부부는 아들을 얻었어요.
아이는 일곱 살이 다 되도록
말도 못 하고, 걷지도 못했어요.
여덟 살이 되어서야 비로소 말도 술술 잘 하고,
벌떡 일어나서 여기저기 뛰어다녔답니다.

*점지하다 : 신령이 사람에게 자식이 생기게 하여 줌.

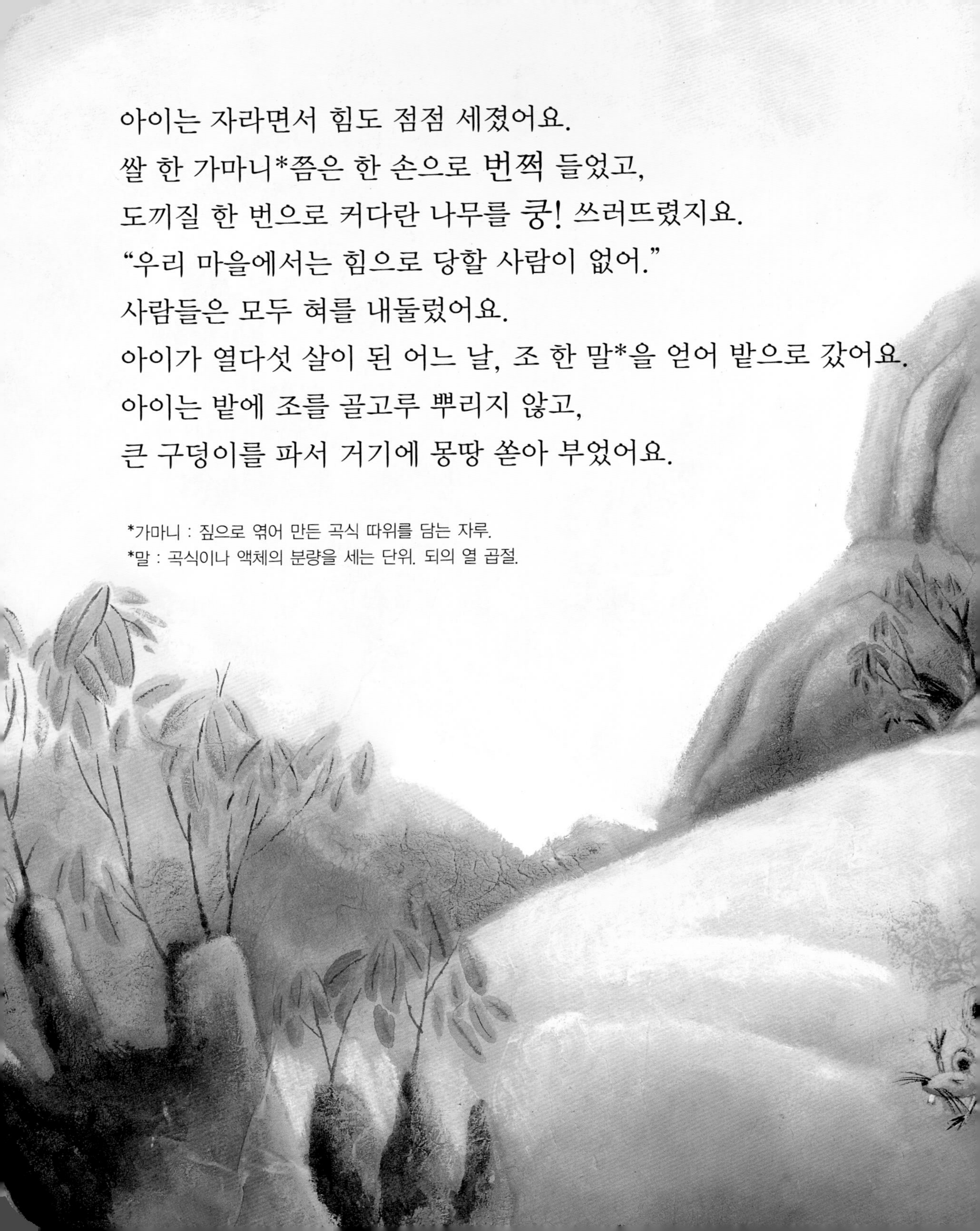

아이는 자라면서 힘도 점점 세졌어요.
쌀 한 가마니*쯤은 한 손으로 번쩍 들었고,
도끼질 한 번으로 커다란 나무를 쿵! 쓰러뜨렸지요.
"우리 마을에서는 힘으로 당할 사람이 없어."
사람들은 모두 혀를 내둘렀어요.
아이가 열다섯 살이 된 어느 날, 조 한 말*을 얻어 밭으로 갔어요.
아이는 밭에 조를 골고루 뿌리지 않고,
큰 구덩이를 파서 거기에 몽땅 쏟아 부었어요.

*가마니 : 짚으로 엮어 만든 곡식 따위를 담는 자루.
*말 : 곡식이나 액체의 분량을 세는 단위. 되의 열 곱절.

얼마 뒤, 아이는 밭에 나가 보았어요.
조를 쏟아 부은 구덩이에 새싹들이
쑥쑥 돋아나 있었어요.
아이는 새싹 한 포기만 남겨 두고
나머지는 모두 뽑아 버렸어요.
그러고는 그 한 포기에 거름을 잔뜩 주었어요.
"조야, 어서 무럭무럭 자라거라!"

조는 엄청나게 잘 자랐어요.
얼마나 큰지 수백 년은 된 듯한 느티나무만했어요.
수많은 조의 낟알*이 주렁주렁 달렸지요.
가을이 되자, 아이는 도끼로 조를 쿵쿵 찍어 쓰러뜨리고
조의 낟알을 거두었어요.

*낟알 : 껍질을 벗기지 않은 곡식의 알갱이.

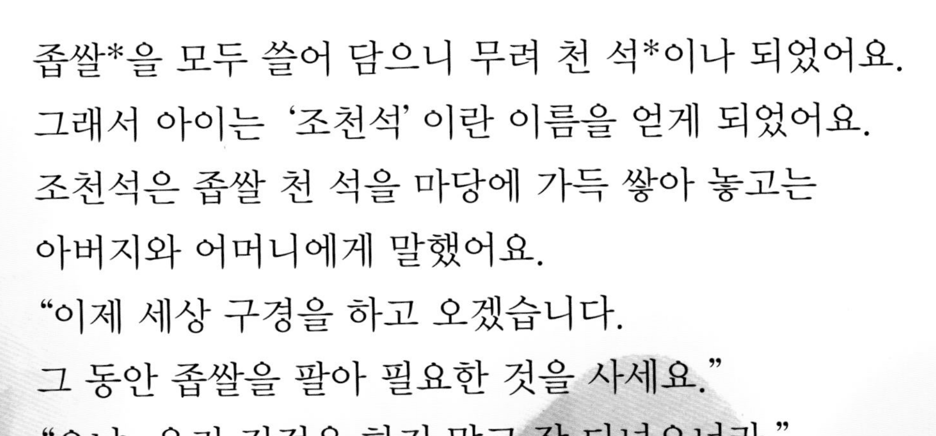

좁쌀*을 모두 쓸어 담으니 무려 천 석*이나 되었어요.
그래서 아이는 '조천석' 이란 이름을 얻게 되었어요.
조천석은 좁쌀 천 석을 마당에 가득 쌓아 놓고는
아버지와 어머니에게 말했어요.
"이제 세상 구경을 하고 오겠습니다.
그 동안 좁쌀을 팔아 필요한 것을 사세요."
"오냐, 우리 걱정은 하지 말고 잘 다녀오너라."

*좁쌀 : 조의 열매인 쌀.
*석 : 곡식 따위의 양을 나타내는 단위, 한 말의 열 곱절.

집을 떠나 산길을 걸어가던 조천석은
큰 단지*를 굴리며 오는 사람을 보았어요.
“보아하니 힘이 무척 센 것 같은데,
나하고 팔씨름 한번 하지 않겠소?
이긴 사람이 형이 되고, 진 사람이 동생이 되는 거요.”
“좋소이다.”
두 사람은 끙끙 팔씨름을 했어요. 조천석이 이겼지요.
“이제부터 내가 형이다. 너는 단지를 잘 굴리니,
‘단지손이’ 라고 부르겠다.”

*단지 : 배가 부르고 목이 짧은 항아리.

조천석과 단지손이는 함께 길을 떠났어요.
얼마쯤 가니 어떤 사람이 고목나무* 아래 누워
잠을 자고 있었어요. 그런데 그 사람이
코를 골 때마다 고목나무가 마구 흔들렸어요.
콧김이 무척 세었기 때문이에요.
"저 사람도 힘깨나 쓰겠는걸?
깨워서 팔씨름이나 해 보자."

*고목나무 : 나이가 아주 많은 나무.

조천석과 단지손이는 콧김 센 사람을 깨웠어요.

"우리랑 팔씨름을 해서 이긴 사람이 형이 되고,
지는 사람이 동생이 되기로 합시다."

"그럽시다."

조천석과 단지손이는 콧김 센 사람과
팔씨름을 해서 이겼어요.

"우리가 이겼으니 너는 이제 동생이다.
너는 콧김이 세니 '콧김손이' 라고 부르겠다."

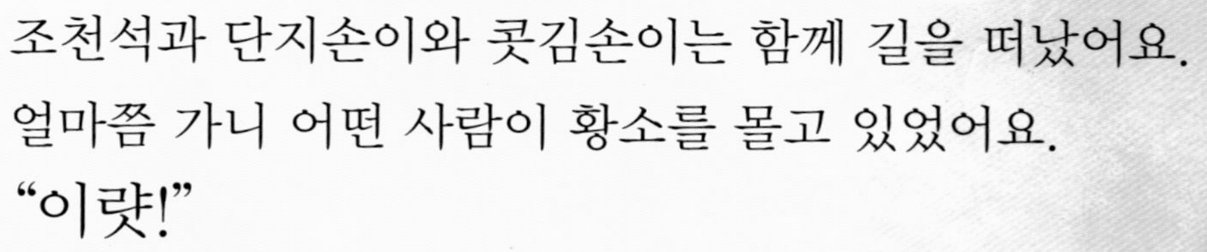

조천석과 단지손이와 콧김손이는 함께 길을 떠났어요.
얼마쯤 가니 어떤 사람이 황소를 몰고 있었어요.
"이랴!"
그 사람이 한 번 소리치자 황소가 놀라 기절하고 말았어요.
삼형제는 그 사람과 팔씨름을 해서 이겼어요.
"우리가 이겼으니 너를 동생으로 삼겠다.
너는 목소리가 크니 '소리손이' 라고 부르마."
"고맙습니다, 형님들."

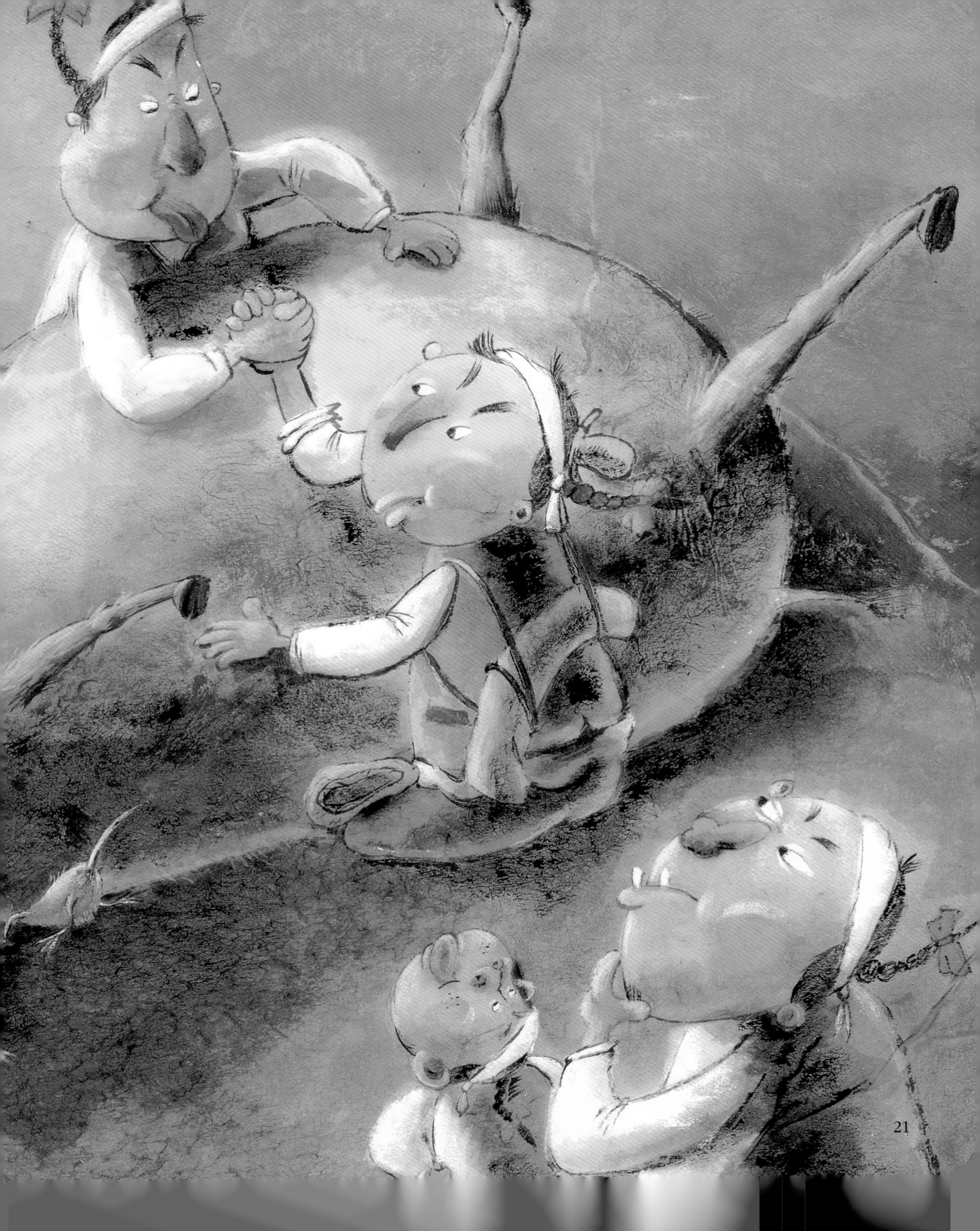

조천석과 단지손이와 콧김손이와 소리손이는
함께 길을 떠났어요. 그리고 길에서 또 두 명의
장사*를 만나 동생으로 삼았어요.
장작을 기막히게 잘 패는 '장작손이',
배를 뚝딱 잘 만드는 '뚝딱손이' 였어요.

*장사 : 강한 의지와 체질이 굳센 사람.

조천석은 동생들에게 말했어요.
“이제 우리는 여섯 형제가 되었구나.
앞으로 서로 힘을 합쳐 열심히 살자꾸나.”
재주꾼 여섯 형제는 사이좋게
어깨동무를 하고 길을 떠났어요.

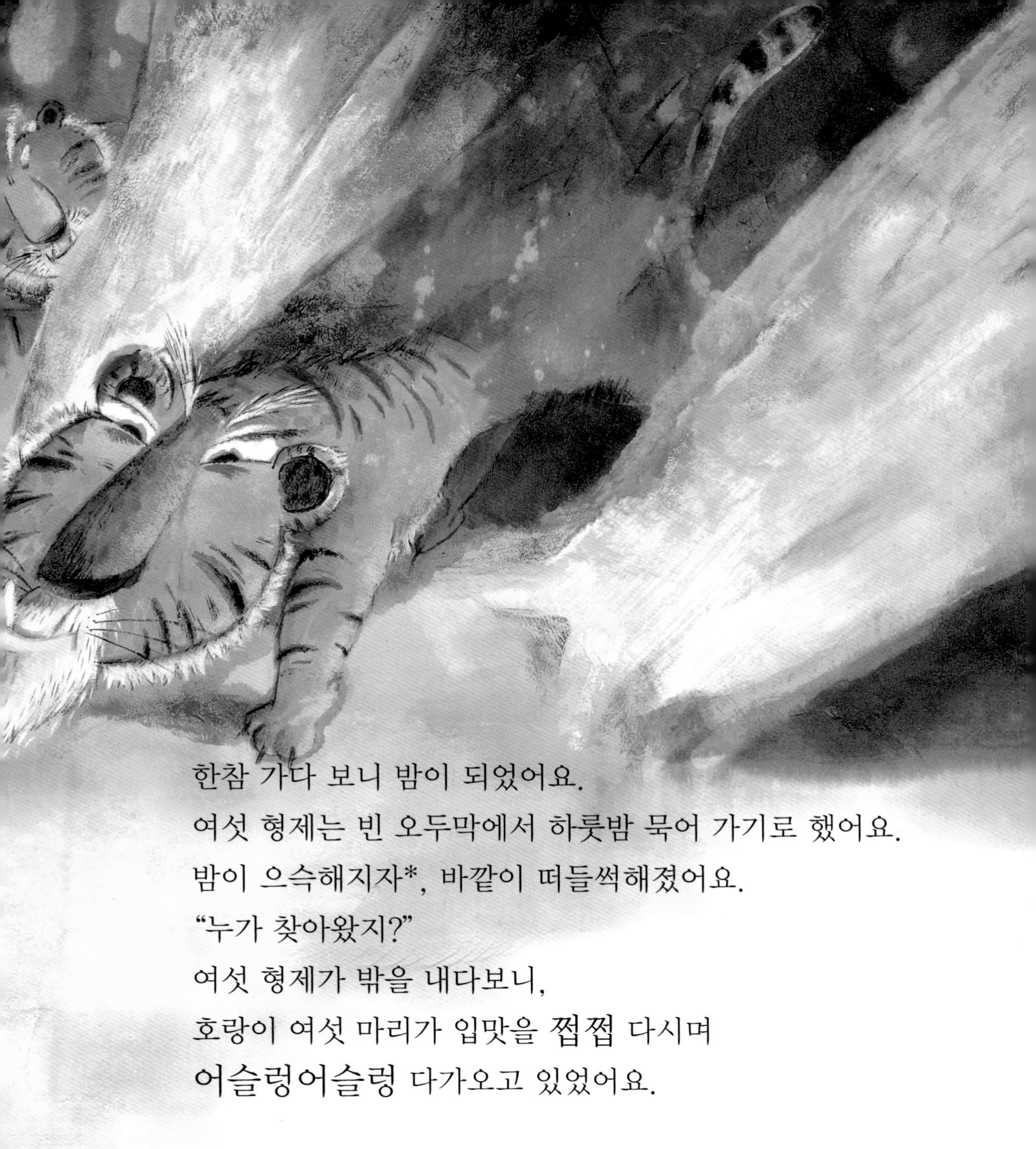

한참 가다 보니 밤이 되었어요.
여섯 형제는 빈 오두막에서 하룻밤 묵어 가기로 했어요.
밤이 으슥해지자*, 바깥이 떠들썩해졌어요.
“누가 찾아왔지?”
여섯 형제가 밖을 내다보니,
호랑이 여섯 마리가 입맛을 쩝쩝 다시며
어슬렁어슬렁 다가오고 있었어요.

*으슥하다 : 무서운 느낌이 들 만큼 조용하다.

여섯 형제는 밖으로 뛰어나가 호랑이와 맞붙었어요.
조천석은 호랑이를 번쩍 들어 던지고,
단지손이는 호랑이를 단지처럼 데굴데굴 굴렸어요.
콧김손이는 호랑이를 콧김으로 휙 날려 버리고,
소리손이는 고함을 질러 호랑이를 기절시켰어요.
장작손이는 호랑이를 장작 패듯 두들겼답니다.
똑딱손이는 똑딱 배를 만들듯 마구 쥐어박았어요.
그러자 호랑이들이 여섯 형제에게 말했어요.
"잠깐! 우리 장작쌓기 내기를 하자."
"좋아!"

여섯 형제는 힘을 합해 장작을 쌓기 시작했어요.
먼저 소리손이가 산을 향해 소리를 지르자
온 산이 흔들리며 나무들이 쿵쿵! 쓰러졌어요.
그 다음에 단지손이가 나무들을 굴려 오고,
장작손이는 눈 깜짝할 사이에 장작을 팼어요.
조천석은 장작들을 던져 산처럼 쌓았고요.
여섯 형제는 장작더미* 위에 올라 소리쳤어요.
"어떠냐? 너희들이 졌지?"
그 때 호랑이들이 "흥!" 하고 장작더미에 불을 붙였어요.

*장작더미 : 장작을 쌓아 올린 무더기.

불을 끄려고 콧김손이가 콧김을 세게 불었어요.
하지만 바람이 일어 장작불이 더욱 잘 탔어요.
"걱정 마세요, 형님들!"
이 때 똑딱손이가 배를 똑딱 만들더니 요술 물병을 던졌어요.
요술 물병에서는 물이 계속 흘러나왔어요.
마침내 장작불이 꺼지고, 호랑이들은 물에 빠져 죽고 말았지요.
"자, 이제 우리 집으로 가자."
조천석은 동생들과 함께 배를 저어
의기양양하게 집으로 돌아갔답니다.

재주꾼 여섯 형제

내가 만드는 이야기

아이들이 들려 주는 이야기를 들어 본 적이 있나요?
그 이야기 속에는 아이들의 무한한 상상력과 창의력이 담겨 있음을 발견하게 될 것입니다.
번호대로 그림을 보면서 앞에서 읽었던 내용을 생각하고,
아이들만의 상상력과 창의력이 표현된 이야기를 만들어 보게 해 주세요.

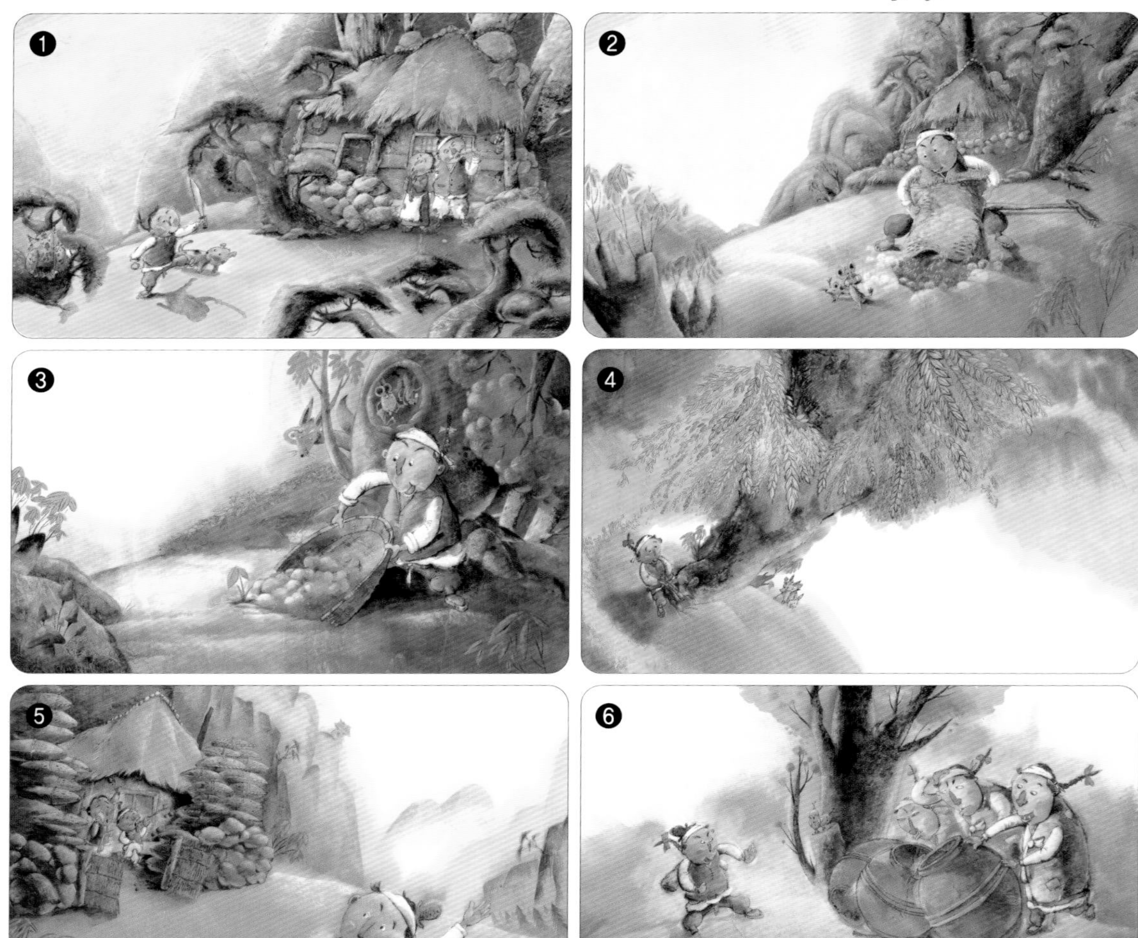

7
8
9
10
11
12
13
14

재주꾼 여섯 형제

옛날 옛적 재주 많은 여섯 형제 이야기

〈재주꾼 여섯 형제〉는 힘센 여섯 형제가 용기와 재주로 세상 구경을 하면서 호랑이를 물리친다는 내용으로, 이 이야기는 입에서 입으로 전해지면서 내용이 조금씩 다르게 변하기도 했습니다.

다음은 또 다른 재주꾼 여섯 형제 이야기에 등장하는 주인공들입니다.

먼 곳을 훤히 내다보는 '먼데보기', 단단한 자물쇠도 손톱만 대면 열 수 있는 '여니딸깍', 무거운 짐을 질수록 더 쌩쌩 달려갈 수 있는 '지나마나', 맞을수록 기분이 좋아지는 '맞으나마나', 뜨거울수록 추워서 덜덜 떠는 '뜨거워도차', 몸을 제 뜻대로 늘였다 줄였다 하는 '늘었다줄었다'의 이름을 가진 여섯 쌍둥이 형제도 있습니다. 이들은 흉년을 맞아 고생하는 마을 사람들에게 관가 곳간의 쌀을 훔쳐다 나누어 주고 잡혀갑니다. 하지만 볼기를 때리고 펄펄 끓는 기름 솥에 집어 넣어도 아무 소용이 없어 여섯 형제가 무사히 풀려났다는 이야기입니다.

두 가지 이야기 중에서 여기서는 여섯 쌍둥이 형제의 이야기보다는 늦된 아이 조천석과 다섯 형제 이야기가 더 배울 점이 많은 듯하여 이 내용을 채택하게 되었습니다. 〈재주꾼 여섯 형제〉는 재주가 뛰어난 형제들이 펼치는 모험 이야기도 재미있지만, 개성이 넘치는 별난 이름 또한 퍽 흥미롭습니다.

▲ 예부터 우리 나라의 주요 구황식물(식량을 대신할 수 있는 식물)이었던 조.

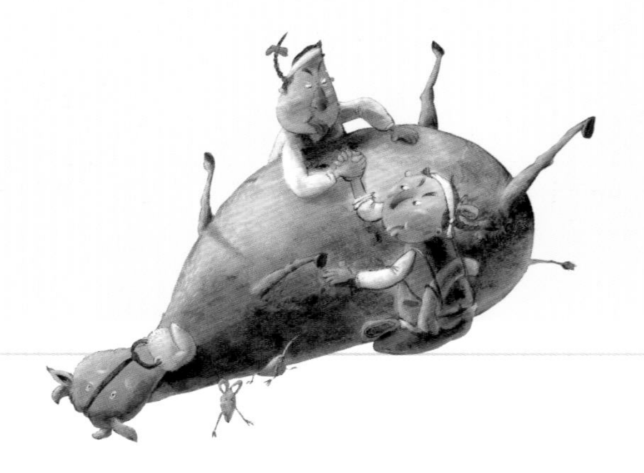

요술 부채

내가 만드는 이야기

아이들이 들려 주는 이야기를 들어 본 적이 있나요?
그 이야기 속에는 아이들의 무한한 상상력과 창의력이 담겨 있음을 발견하게 될 것입니다.
번호대로 그림을 보면서 앞에서 읽었던 내용을 생각하고,
아이들만의 상상력과 창의력이 표현된 이야기를 만들어 보게 해 주세요.

7
8
9
10
11
12
13
14

요술 부채

옛날 옛적 빨간 부채와 파란 부채 이야기

〈요술 부채〉는 우리에게 널리 알려진 옛 이야기로, 〈빨간 부채, 파란 부채〉라고도 합니다.

어느 날, 한 나무꾼이 우연히 빨간 부채와 파란 부채를 주웠습니다. 나무꾼은 부채가 요술 부채라는 것을 알고 요술 부채를 이용해 부자가 될 나쁜 궁리를 했습니다. 그래서 부잣집 영감의 코를 크게 늘여 놓고 코를 다시 고쳐 주어 많은 돈을 받았습니다. 그러던 어느 날, 나무꾼은 빨간 부채를 계속 부치면 코가 얼마나 길어질까 궁금해져 빨간 부채로 부채질을 계속합니다. 코는 구름을 뚫고 하늘나라까지 올라가고, 하늘나라 옥황 상제의 명령으로 코가 기둥에 묶이게 됩니다. 코끝이 점점 아파오자 정신이 든 나무꾼은 다시 파란 부채를 부치기 시작하지만, 코가 줄어들면서 몸이 하늘로 둥둥 떠오릅니다. 마침 그 때 하늘나라 선녀들이 나무꾼의 코를 풀어 주어 나무꾼은 땅으로 곤두박질친다는 내용의 이야기입니다.

▲ 손으로 부쳐 바람을 일으키는 부채.

〈요술 부채〉는 권선징악의 주제를 담고 있습니다. 요술 부채를 갖게 되면서 마음이 점점 변해 가는 나무꾼의 모습은 우리의 모습과 별로 다르지 않습니다. 쉽게 돈을 벌려는 유혹에 빠진 나무꾼처럼 우리도 한번에 모든 것을 이루려는 욕심을 부린 적이 있을 것입니다. 하지만 결국 지나친 욕심을 부린 나무꾼이 하늘에서 내린 벌을 받았듯이 행운을 바라기보다는 열심히 공부하고 노력할 때 자신이 원하는 것을 이룰 수 있다는 것을 깨달아야 할 것입니다.